Draußen im Heidedorf

Theodor Storm

Es war an einem Herbstabend; ich hatte in der Amtsvogtei ein paar am Mittage eingebrachte Holzfrevler vernommen und ging nun langsam meinem Hause zu. Die Gaserleuchtung war derzeit für unsere Stadt noch nicht erfunden; nur die kleinen Handlaternen wankten wie Irrlichter durch die dunklen Gassen. Einer dieser Scheine aber blieb unverrückt an derselben Stelle und zog dadurch meine müßigen Augen auf sich.

Als ich näher gekommen war, sah ich vor dem Wirtshause, wo damals die nach Ost belegenen Dörfer ihre Anfahrt hatten, noch einen angeschirrten Bauerwagen halten; der alte Hausknecht stand mit der Stalleuchte daneben, während die Leute sich zur Abfahrt rüsteten.

»Macht fertig, Hinrich!« sprach es vom Wagen herab; »Ihr habt nun genug gedalbert! Carsten Krügers und Carsten Deckers Frau warten alle beid auf ihre Stunde; es läßt mir nicht Ruh mehr.« – Die etwas ältliche Stimme kam von einer breiten, anscheinend weiblichen Person, welche, in Tücher und Mäntel eingemummt, unbeweglich auf dem zweiten Wagenstuhle saß.

Ich war unwillkürlich an der Ecke der hier abgehenden Querstraße stehengeblieben. Wenn man stundenlang gearbeitet hat, so sieht man gern einmal die andern Menschen eine Szene vor sich abspielen, und der Knecht hielt die Leuchte hoch genug, daß ich alles bequem betrachten konnte.

Neben einer jugendlichen Frauengestalt, deren Wuchs sich auffallend von der gedrungenen Statur unserer gewöhnlichen Landmädchen unterschied, stand ein junger Bauer, dessen blondes krauses Haar unter der Tuchmütze hervorquoll; in der einen Hand hielt er Zügel und Peitsche, mit der andern hatte er die Lehne eines hölzernen Stuhles gefaßt, der zum Auftritt an den Wagen gerückt war. Es lag etwas Brütendes in dem Gesichte des jungen Menschen; der breite Stirnknochen trat so weit vor, daß er die Augen fast verdeckte. »Komm,

Margret, steig nun auf!« sagte er, indem er nach der Hand des Mädchens haschte.

Aber sie stieß ihn zurück. »Ich brauch dich nicht!« rief sie. »Paß du nur deine Braunen!«

»So laß doch die Narrenspossen, Margret!«

Auf diese mit kaum verhehlter Ungeduld gesprochenen Worte wandte sie den Kopf. Bei dem Schein der Leuchte sah ich nur den unteren Teil des Gesichtes; aber diese weichen blassen Wangen waren schwerlich jemals dem Wetter der ländlichen Saat-und Erntezeit preisgegeben gewesen; was mir besonders auffiel, waren die weißen spitzen Zähne, die jetzt von den lächelnden Lippen bloßgelegt wurden.

Sie hatte dem jungen Menschen auf seine letzten Worte nichts erwidert; aber nach der Haltung des Kopfes konnte ich annehmen, daß ihre Augen jetzt die Antwort gaben. Zugleich trat sie leis mit einem Fuße auf den Holzstuhl, und als er sie nun umfaßte, ließ sie sich weich an seine Schulter sinken, und ich bemerkte, wie ihre Wangen eine Weile aneinander ruhten. Ich sah aber auch, wie er sie nach dem vorderen Wagensitze hinzudrängen suchte; allein sie entschlüpfte ihm und hatte sich im Augenblick auf dem zweiten Stuhl neben der dicken Frau zurechtgesetzt, die jetzt wieder ein »Mach fertig, Hinrich, mach fertig!« aus ihren Tüchern herausrief.

Der junge Bauer blieb noch wie unentschlossen an dem Wagen stehen. Dann zupfte er dem Mädchen an die Kleider: »Margret!« stieß er dumpf hervor, »setz dich nach vorne, Margret!«

»Viel Dank, Hinrich!« erwiderte sie laut; »ich sitz hier gut genug.«

Der junge Mensch riß heftiger an ihren Kleidern. »Ich fahr nicht ab, Margret, wenn du nicht bei mir sitzen willst!«

Jetzt bog sie sich über den Rand des Sitzes zu ihm herab; ich sah ein Paar dunkle Augen in dem blassen Antlitz blitzen, und die weißen Zähne wurden wieder sichtbar zwischen den üppigen Lippen. »Willst du dich schicken, Hinrich!« sprach sie leise, fast wie mit verheißender Zärtlichkeit; »oder sollen wir ein andermal mit Hans Ottsen zur Stadt fahren? Er hat mich oft genug darum geplagt.«

Der junge Mann murmelte etwas, das ich nicht verstand; dann sprang er ungestüm zwischen die Pferde durch auf den vorderen Wagensitz, knallte ingrimmig mit der Peitsche und riß in die Zügel, daß die Braunen sich steil in die Höhe bäumten. Und gleich darauf, unter dem Aufschrei der Frauen, rasselte das Gefährt in die Nacht hinaus, daß der Holzstuhl, vom Rade getroffen, zertrümmert auf das Pflaster stürzte und der alte Hausknecht mit einem »Gott bewahr uns in Gnaden!« zurücktaumelte und dann scheltend mit seiner Leuchte durch die Haustür verschwand.

Wie ein Schattenspiel war alles vorüber; und nachdenklich setzte ich meinen Weg nach Hause fort.

Etwa ein halbes Jahr danach wurde in der Amtsvogtei der Tod des Eingesessenen Hinrich Fehse zur Anzeige gebracht, der in einem der Ostdörfer eine große, aber, wie mir bekannt war, stark verschuldete Bauernstelle besaß. Da er außer seiner Witwe und einem mündigen Sohne gleichen Namens zwei unmündige Kinder hinterließ, so mußte die Masse in gerichtliche Behandlung genommen werden. Zum Vormund der Unmündigen wurde, in Ermangelung naher Verwandten, auf den Wunsch der Witwe der frühere Küster des Dorfes bestellt; ein Mann, der während seiner Amtsführung sich weniger um die ihm anvertraute Jugend als um seinen schon derzeit nicht geringen Landbetrieb bekümmert hatte, seit Niederlegung des Amtes aber seinen einstigen Schülern um so mehr in allen Vorkommnissen des Lebens mit seinem oft nur allzu weltklugen Rat zur Seite stand.

Als ich am Tage der Erbregulierung in die Gerichtsstube trat, fand ich den gewichtigen Mann schon in eifriger Durchsicht der Dokumente neben dem Pulte des Gevollmächtigten sitzen. Nachdem er mich durch seine runden Brillengläser erkannt hatte, strich er bedächtig die Seitenhärchen über seinen kahlen Scheitel und stand dann auf, um mich mit der ihm eigenen Würde zu begrüßen. Zugleich wies er auf einen jungen Menschen, der sich bei meinem Eintritt gleichfalls von einem Stuhl erhoben hatte, und sagte: »Das hier, Herr Amtsvogt, ist Hinrich Fehse, der älteste Sohn des Verstorbenen.«

Mir war in diesem Augenblick, als sei ich diesem eckigen Kopfe schon sonst einmal begegnet; nur über das Wie und Wo konnte ich nicht ins reine kommen. Aber wohl niemals hatte ich auf einem jugendlichen Antlitz einen solchen Ausdruck gleichgültiger Verdrossenheit gesehen; die grauen tiefliegenden Augen schienen es kaum der Mühe wert zu halten, die Wimpern zu mir aufzuheben.

Drüben an der Wand saß eine alte Bäuerin mit harten Zügen und dunkeln Augenbrauen, das graue Haar unter das schwarze Käppchen zurückgestrichen; sie saß unbeweglich und hielt ihre Hände mit dem Sacktuch auf der blaugedruckten Leinwandschürze. Das war die Witwe des verstorbenen Hufners Hinrich Fehse.

Es war mir darum zu tun, die etwas verwickelte Angelegenheit zunächst mit dem Küster allein zu besprechen, und ich trat deshalb mit ihm in mein nebenan liegendes Arbeitszimmer.

»Die Stelle wird sich schwerlich für die Familie halten lassen«, sagte ich, zugleich das Inventurprotokoll der Masse vor ihm aufschlagend; »wir werden leider zum Verkauf genötigt sein.«

Der Küster sah mich mit seinen runden Augen an. »Das bin ich nicht der Meinung!« sagte er dann im gewichtigen Schulton.

Ich wies auf die lange Reihe der im Protokoll verzeichneten Schulden. »Wenn das Altenteil der Witwe noch dazukommt, so wird dem Annehmer der Stelle nicht genug bleiben, um auch noch die Erbteile der Geschwister auszukehren.«

»Das allerdings nicht!« Und der würdevolle Mann klemmte die fleischigen Lippen ein und blickte auf mich mit einer Sicherheit, als ob er das Gegenmittel schon fix und fertig in der Tasche hätte.

»Und trotz dessen«, fragte ich wieder, »wollen Sie ihn die große Hufe übernehmen lassen?«

»Das wäre so meine Meinung!«

»Und das Geld, woher wollen Sie das bekommen?«

»Dafür müßte freilich schon gesorgt sein!« Und er nannte die Tochter eines wohlhabenden Hufners aus demselben Dorfe. »Gestern«, fuhr er fort, »haben wir bereits den Verspruch gefeiert, und die Fehsesche Stelle kann nun von den beiden jungen Leuten gemeinschaftlich übernommen werden.«

Der Küster legte die Hände auf den Rücken und erwartete gehobenen Hauptes den Ausdruck meiner Bewunderung. Mir aber war es unter dieser Eröffnung plötzlich klargeworden, wo ich dem jungen Hinrich Fehse schon begegnet sei. Ich sah ihn wieder neben jenem gefährlichen Mädchen am Wagen stehen und hörte ihn sein düsteres »Margret, Margret!« ausstoßen. – »Mir ist«, sagte ich endlich, »als hätte ich Ihren Bräutigam schon auf anderen Wegen getroffen! Hat etwa die Hebamme Ihres Dorfes eine besonders hübsche Tochter?«

»Also das wissen Herr Amtsvogt auch schon!« erwiderte etwas überrascht der Küster. »Nun, wir haben das Mädchen sechs Meilen weit in die Stadt als Nähjungfer vermietet, und morgen geht sie dahin ab. Mit solider Bauernarbeit hat die Mamsell sich doch ihr Lebtag nicht befassen mögen.«

Ich mußte lachen. »Und wie haben Sie denn das nur wieder fertiggebracht?«

Das selbstzufriedene Lächeln im Gesichte des Küsters zuckte so tief, als es die starken Wangen zuließen. »Mit Erlaubnis, Herr Amtsvogt, für Geld kann man den Teufel tanzen lassen, warum denn nicht ein altes Weib!«

»In der Tat, Sie haben mehr als recht; und die Tochter der Hebamme ist voraussetzlich ohne Mittel?«

»Mit dem glatten Gesicht, Herr Amtsvogt, konnte uns nicht gedient sein, und sonst ist nichts da, was sie hätte in die Wirtschaft bringen können. Überdies«, und er stimmte seinen Ton zu vertraulichem Flüstern, »ihr Großvater war ein Slowak von der Donau und, Gott weiß wie, bei uns hängengeblieben; dazu die alte Hebamme mit ihrem Kartenlegen und Geschwulstbesprechen, womit sie den Dummen die Schillinge aus der Tasche lockt – das hätte übel gepaßt in eine alte Bauernfamilie!«

»Und hat sich denn Ihr Hinrich so leicht von jenem Mädchen trennen lassen?« fragte ich noch einmal.

Der Küster setzte seinen weltklugen Kopf in Positur. »Wenn ich es geradheraus sagen soll«, erwiderte er ausweichend, »es war noch ganz die Frage, ob die Dirne ihn genommen hätte; da sind noch andere, die sie hinter sich herzieht und die schwerer ins Gewicht fallen. Die junge Frau aber wird nicht mit ihm betrogen, denn das muß ihm jeder lassen, ein Bauer ist er aus dem Fundament!«

Unsere Unterredung war zu Ende. Von Gerichts wegen war gegen den gemachten Vorschlag nichts einzuwenden; im Gegenteil, alle Schwierigkeiten wurden dadurch wie von selbst gelöst.

– – Als wir wieder in die Gerichtsstube traten, hatte sich dort inzwischen auch die Braut mit ihrem Vater eingefunden. Sie mußte fast um zehn Jahre älter sein als der ihr bestimmte Bräutigam; das Gesicht war wohlgeformt, aber reizlos, wie es bei denen zu sein pflegt, die schon mit ihrer Kinderseele um den Erwerb gerechnet haben; das fahlblonde Haar zeigte deutlich, daß es ungeschützt allem Wetter und Sonnenbrand ausgesetzt wurde. Ihr gegenüber an der andern Wand saß jetzt der Bräutigam; den Kopf gesenkt, die Hände zwischen den gespreizten Beinen vor sich hin gefaltet. – Bei den nun folgenden Verhandlungen zeigte er sich mit allem einverstanden; ein dürftiges »Ja« oder »Nein« oder »Das muß ja denn wohl sein« war indessen alles, womit er diese Zustimmung ausdrückte; dabei fuhr er mit dem Rücken der Hand ein paarmal über seine Stirn, als wenn es dort etwas fortzuwischen gäbe. Endlich, als mit sämtlichen Beteiligten alles besprochen und das Vereinbarte zu Papier gebracht war, erfolgte, wie Rechtens, die Unterschrift des Protokolls.

Auch Hinrich Fehse, als an ihn die Reihe kam, trat an das Pult des Gevollmächtigten und malte in steilen, widerhaarigen Buchstaben seinen Vornamen unter die Verhandlung; dann aber setzte er mit einem tiefen Atemzug die Feder ab und starrte unbeweglich vor sich hin. Vor seinem innern Auge mochte jetzt ein üppiger Mädchenkopf erscheinen; vielleicht flog gar der erschütternde Gedanke durch sein Gehirn, den Bann des alten bäuerlichen Herkommens zu durchbrechen. Aber der Küster, der ihn während der ganzen Verhandlung nicht aus den Augen gelassen hatte, trat jetzt, die Hände in den Taschen, zu ihm heran und sagte ruhig: »Bloß deinen Namen, Hinrich; bloß deinen Namen!«

Und Hinrich, wie von der eisernen Notwendigkeit am Draht gezogen, malte nun auch sein »Fehse« in denselben steilen Zügen noch dahinter.

»Actum ut supra« und Sand darauf; die Sache war erledigt. Hinrich Fehse verließ das Gericht als ein gemachter Mann; mit der Frau hatte er das Betriebskapital für die Hufe in Händen; wenn er als Bauer seine Schuldigkeit tat, so konnte es ihm nicht fehlen. – Und bald auch hörte ich, daß die Hochzeit mit allem Pompe bäuerlichen Herkommens gefeiert worden sei.

Der Eindruck, den diese Vorgänge mir gemacht hatten, war allmählich verblaßt. Anfänglich hatte ich wohl darauf geachtet, wenn an Markttagen der junge Bauer mit seiner Frau an mir vorüberfuhr; von der letzteren hatte ich dann auch wohl ein Kopfnicken bekommen, während er selbst, ohne sich umzuwenden, auf seine Pferde peitschte. Dann, geraume Zeit nachher, da es schon spät am Abend war, hatte ich ihn einmal in dem erleuchteten Hausflur jenes Wirtshauses an der Ecke gesehen; es war mir auch damals wohl durch den Kopf gegangen: ›Was hat denn der wieder so spät in der Stadt zu tun!‹ Weitere Gedanken hatte ich mir darüber nicht gemacht. Da es war wieder einmal Herbst geworden, der November stand schon vor der Tür – ging ich bei der Rückkehr von einer Morgenwanderung durch die Neustadt, wo eben Pferdemarkt gehalten wurde. Die edlen Tiere standen wie gewöhnlich zu beiden Seiten der Straße vor den Häusern angebunden, und ich drängte mich eben durch einen Haufen von Käufern und Verkäufern und vergnügter Stadtjugend, als mir von einem Hause ein lautes Rufen und Händeschlagen entgegenschallte. Im Näherkommen erkannte ich Hinrich Fehse, der mit einem jütischen Bauern in eifrigem Handeln begriffen war. Den Gegenstand, wie mir bald klar wurde, bildeten zwei höchst elend aussehende Pferde, die mit gesenktem Kopf danebenstanden, indes der Jüte den Schweif des einen Tieres lobpreisend zur Seite riß.

»Ja, ja«, sagte der andere, ohne auch nur hinzusehen; »die Schindmähren sind just gut genug.«

»Hundertunddörtig für die beiden!« rief der Jüte wieder.

Aber Hinrich zog seine Hand zurück. »Hundertundzwanzig«, sagte er düster; »keinen Schilling mehr.«

Und klatschend fielen die Hände ineinander. Hinrich Fehse schnallte seine lederne Geldkatze los, zahlte dem andern die harten Taler in die Hand und rüstete sich dann, die erhandelten Tiere von dem Rickwerk loszubinden.

Im Weitergehen, wo ich über den Eindruck des Gesehenen zum deutlicheren Bewußtsein kam, wollte mich bedünken, als ob der junge Bauer seit unserer letzten Begegnung, wie man bei uns sagt, bös verspielt habe. Das Gesicht war scharf und mager geworden, und die ohnehin kleinen Augen waren unter der vortretenden Stirn fast verschwunden; überhaupt, der an sich gewöhnliche Vorgang hatte mir jetzt etwas Auffallendes, so daß ich nicht umhin konnte, mich später beim Eintritt in die Gerichtsstube gegen meinen landkundigen Gevollmächtigten darüber auszusprechen.

Der alte Aktenmann machte vom Pultbock herab seine bedenklichste Handbewegung.

»So«, sagte ich; »die Sachen stehen also schlecht?«

»Gar nicht stehen sie!« erwiderte er. »Seit einem halben Jahr ist die Margret wieder im Dorf, und seitdem sitzt auch der Fehse fast alle Abend bei den Hebammensleuten; sogar in die Stadt ist er ihr nachgelaufen, als sie um Pfingsten in der Anfahrt hier zu nähen saß. Und dabei verkauft er, was los und fest ist, Futter und Saatroggen, so daß zum Winter wohl die leeren Scheunen nachbleiben werden; heut haben nun sogar die schönen braunen Wallachen daran glauben müssen wissen, Herr Amtsvogt, die im Inventar zu fünfhundert Taler taxiert waren –, und statt dessen hat er sich die jütschen Kracken eingehandelt. Dafür aber promeniert draußen im Dorf das Hebammenfräulein in seidenen Jacken und goldenen Vorstecknadeln; mag auch wohl manche Tonne Fehseschen Hafers an ihrem Leibe tragen!« Und der Alte nahm eine große Prise.

»Am Ende auch noch die beiden Wallachen, Brüttner!«

Der kleine graue Mann steckte die Feder hinters Ohr und segelte auf seinem Drehbock vollends zu mir herum. »Nun«, sagte er schmunzelnd, »wohin der Überschuß seinen Weg nimmt, das wäre wohl nicht schwer zu raten!«

»Und woher wissen Sie das alles so genau?«

Brüttner wollte eben antworten, als der Amtsdiener in die Stube trat: »Der Herr Küster ließen grüßen, heut könne er nicht wieder vorkommen; aber nächsten Donnerstag, und da wolle er die beiden Fehseschen Weiber gleich mit aufs Amt bringen.«

»Also der Küster ist hiergewesen?« fragte ich.

»Hm, freilich«, versetzte Brüttner; »und er meinte, nach den letzten Passagen wär's doch am besten, wenn die Frauen den Fehse unter Kuratel stellen ließen; er würde dem Herrn Amtsvogt schon alles auseinandersetzen.«

Bevor jedoch der Küster diesen kühnen Plan in Angriff nehmen konnte, wurde mir – es war an einem Mittwoch – von dem Bauervogt des Dorfes die schriftliche Anzeige gemacht, daß der Eingesessene Hinrich Fehse seit letztem Sonntagabend verschwunden sei. Die Meinung einiger gehe dahin, daß er mit dem neulich aus einem Pferdehandel gewonnenen Gelde auf einem Auswandererschiff von Hamburg fortgegangen sei; andere dagegen hegten die Befürchtung, er könne sich ein Leides angetan haben. Außer dem bekannten Verhältnis mit der Tochter der Hebamme sei ein besonderes Ereignis, welches sein Verschwinden erklären könne, nicht bekannt geworden. Übrigens hätten die angestellten Nachforschungen bis jetzt keinen Erfolg gehabt.-
– – Ich beschloß sofort, noch am Nachmittage die Sache an Ort und Stelle zu untersuchen. – Um desto unbehinderter zu sein, verzichtete ich auf einen Protokollführer und nahm nur den Amtsdiener als Begleitung mit. Wir fuhren auf einem offenen Wagen; denn es war ein milder Herbsttag, wie uns deren in unserer Gegend immer einige vor dem entschiedenen Eintritt des Winters beschert zu werden pflegen. Die lebendigen Hecken, welche wir während der ersten Stunde zu beiden Seiten des Weges hatten, trugen noch einen Teil ihres Laubes; hie und da zwischen Hasel- und Eichenbusch drängte sich ein Spillbaum vor, an dessen dünnen Zweigen noch die roten zierlichen Pfaffenkäppchen schwebten. Meine Augen begleiteten im Vorüberfahren das ebenso sanfte als schwermütige Schauspiel, wie fortwährend unter dem noch warmen Strahl der Sonne sich gelbe Blätter lösten und zur Erde sanken, zumal wenn vor dem Schnauben unserer Pferde

eine verspätete Drossel, ihren Angstschrei ausstoßend, durch die Büsche flatterte.

Aber die Gegend wurde anders; die bewachsenen Wälle mit den bebauten Feldern dahinter hörten auf. Statt dessen fuhren wir hart am Rande des sogenannten »Wilden Moors« entlang, das sich derzeit, so weit der Blick reichte, nach Norden hinauszog. Es schien hier, als sei plötzlich der letzte Sonnenschein, der noch auf Erden war, von dieser düsteren Steppe eingeschluckt worden. Zwischen dem schwarzbraunen Heidekraut, oft neben größeren oder kleineren Wassertümpeln, ragten einzelne Torfhaufen aus der öden Fläche; mitunter aus der Luft herab kam der melancholische Schrei des großen Regenpfeifers, der einsam darüber hinflog. Das war alles, was man sah und hörte.

Mir kam in den Sinn, was ich einst – ich meine über die noch von dem slawischen Urstamm bewohnten Steppen an der unteren Donau – gelesen hatte. Dort aus den Heiden erbebt sich in der Dämmerung ein Ding, das einem weißen Faden gleicht und das sie dort den »weißen Alp« nennen. Es wandert gegen die Dörfer, es stiehlt sich in die Häuser, und wenn die Nacht gekommen ist, legt es sich an den offenen Mund der Schlafenden; dann schwillt und wächst der anfänglich dünne Faden zu einer schwerfälligen Ungestalt. Am Morgen darauf ist alles verschwunden; aber der Schläfer, der dann die Augen auftut, ist über Nacht blödsinnig geworden; der weiße Alp hat ihm die Seele ausgetrunken. Er bekommt sie nimmer wieder; weit auf die Heide hinaus in feuchte Schluchten, zwischen Moor und Torf, hat das Unwesen sie verschleppt.

Nicht der weiße Alp war hier zu Hause; aber zu andern, nicht minder unheimlichen Dingen verdichteten sich auch die Dünste dieses Moors, denen manche, besonders der älteren Dorfbewohner, nachts und im Zwielicht wollten begegnet sein.

An der südlichen Grenze desselben lag unser Reiseziel, das Dorf, dessen spitzer Turm und schwarze Strohdächer schon lange vor uns sichtbar gewesen waren. – Als wir endlich anlangten, ließ ich zunächst vor dem Hause des alten Küsters halten, um durch diesen etwas Näheres über die Verhältnisse im Fehseschen Hause zu erfahren. Ich traf ihn mit seinem Knechte beim Aufladen des Düngers beschäftigt, im blauwollenen Futterhemd, die Furke in der Hand; doch war er deshalb nicht weniger würdevoll, als er erst seinen »Goldhaufen« mit der ebenen Erde vertauscht hatte. »Ich will's Ihnen sagen, Herr Amtsvogt«, hub er an, nachdem er zuvor seine Sprachwerkzeuge durch ein paar Ansätze fetten Hustens in Bereitschaft gesetzt hatte, »wem nicht zu raten ist, dem ist auch nicht zu helfen! Dieser Hinrich hat mit Gewalt sein Glück nicht erkennen wollen; Gott weiß, ob's mit der Kuratel noch zu kurieren ist!«

Wir waren unterdessen in das Haus und in die Wohnstube getreten. Hinter dem Ofen, in welchem trotz der milden Witterung ein Feuer brannte, saß ein kränklich aussehendes Mütterchen, fast verdeckt von einer großen Wollenstrickerei, die sie mit ihren mageren Fingern handhabte. Sie entschuldigte sich klagend, daß sie wegen ihrer Kreuzschmerzen nicht vom Lehnstuhl aufkönne, um mich zu begrüßen; dann klinkte sie von ihrem Sitze aus die daneben befindliche Küchentür auf und rief mit scharfer Stimme: »Kathrin! Setz den Kessel auf, Kathrin!« Und zugleich hörte ich auch draußen den Dreifuß auf den Herd werfen und im Feuerloch rumoren.

Die Frau Küsterin klappte die Tür wieder zu und strickte weiter; aber ihre kleinen matten Augen folgten unablässig, während ich mit ihrem Eheherrn im Gespräche auf und ab wandelte.

»Wenn's erlaubt ist zu reden, Herr Amtsvogt«, sagte sie endlich, ihr Strickzeug von sich schiebend; »es hat schon einen Vorspuk gegeben; dazumal, als mein Mann hier noch im Amte war. – Ich hab die Rosen so gern«, fuhr sie hüstelnd fort; »es sollte just am andern Tage das Ringlaufen für die

Schule sein, und abends dann, mit hoher Erlaubnis, die Tanzlustbarkeit im Kruge; da waren auf einmal alle meine Rosen abgerissen. Ich wußte wohl gleich, wo mein Spitzbube zu suchen war; aber bei unserm Vater in der Schule hat's der Hinrich so zu drehen gewußt, daß das Strafrohr auf seinen Rücken gefallen ist. Und die Dirne saß mausestill dabei und guckte in ihr Gesangbuch.«

»Aber Mutter«, versuchte der Küster einzureden, »so erzähl doch dem Herrn Amtsvogt nicht die alten Kindergeschichten!«

»Meinst du, Vater?« versetzte sie. — »Sie standen beide vor der Konfirmation; es ist nur *ein* Faden, und der läuft bis heute hin.«

Ich bat höflich um die Fortsetzung des Berichtes.

Das Mütterchen nickte. »Ich hatte damals noch meine Gesundheit, Herr Amtsvogt«, begann sie wieder; »aber als ich andern Abends mit der Frau Pastorin nur kaum in den Tanzsaal getreten war, so sah ich auch schon, daß der Hinrich seinen Willen hatte; denn in dem Kranze, den die Slowakendirne auf ihren schwarzen Haaren trug, saßen richtig meine roten Rosen; und herumgeschwenkt hat sie sich auch mit ihm, daß dem hölzernen Jungen der Schweiß von den Backen rann.

Nun, nun, Vater!« unterbrach sie sich, als der Küster zu einer neuen Bemerkung anhub. »Ich weiß wohl, die Freude dauerte nicht lang; ich will's dem Herrn Amtsvogt alles schon erzählen. Es war nämlich einer unter den größeren Jungen, der nicht wie die andern in das Hebammenmädchen vernarrt war, obschon sie sich genug um ihn zu tun machte; und das war der Sohn von dem reichen Klaus Ottsen hier! — Als eben die Musikanten zu einem neuen Walzer aufspielten, kommt der anstolziert, in seiner blauen Jacke mit Perlmutterknöpfen, die silberne Uhrkette über der Weste, und sieht sich unter den Dirnen um, als wenn sie nur alle so für ihn zu Kauf stünden. Er war aber auch ein schlanker, braunhaariger Junge und hat

noch heute so was Stolzes an sich. – Vor Hinrich und Margret, die eben wieder in die Reihe treten wollten, blieb er stehen und sah höhnisch auf sie herab. ›Hehler und Stehler?‹ sagte er lachend. ›Der Rosenhinrich und die Slowakenmargret? Ihr macht ein sauberes Paar zusammen!‹– Die Dirne glotzte ihn an mit ihren schwarzen Augen. ›Läßt d' mich schimpfen, Hinrich?‹ rief sie. Und im Handumdrehen hatte auch mein Ottsen seine zwei Faustschläge in den Nacken. ›Das für die Slowakenmargret! Und das für den Rosenhinrich!‹–Und dabei fiedelten die Musikanten, und die Kinder tanzten und stolperten über den Hans, der sich eben vom Fußboden wieder aufsammelte; und in all dem Lärm hör ich die Stimme unseres Herrn Pastors und sehe auch, wie er den Hinrich am Kragen hat und ihn gegen den Türpfosten stellt. ›Daß du es weißt, Fehse!‹ hör ich ihn noch sagen; ›mit dem Tanzen ist es heute abend aus für dich!‹ – Da stand er nun und biß sich die Lippen blutig, und die Margret reckte ihren Schwarzkopf auf und schaute durch den Saal nach einem andern Tänzer aus. –
– 's ist aber ein wunderlich Ding, das Menschenherz, Herr Amtsvogt! Schon lange hatt ich gesehen, daß Hans Ottsen dastand, als wenn er die Dirne mit den Augen verschlingen wollte; und es hilft einmal nicht, die gestohlenen Rosen ließen ihr verwettert gut zu ihrem feinen, unverschämten Stumpfnäschen. Und richtig! Sie hatte nun auch den am Band. ›Was meinst, Margret?‹ sagte ganz kleinlaut der Hans Hoffart; ›willst jetzt mit mir halten heute abend?‹ – Erst, als er nach ihrer Hand griff, stieß sie ihn vor die Brust und tat wild wie 'ne Katze; aber als sie merkte, daß es Ernst war, ward sie auch ebenso geschmeidig und lacht' und wies ihre weißen Zähne und tanzte mit ihrem schmucken Hans an dem armen Burschen vorüber, als hätte es für sie nimmer einen Hinrich Fehse auf der Welt gegeben. Der aber stand noch immer wie angenagelt auf seinem Posten; nur seine kleinen Augen fuhren hinter den beiden her; es war ein Glück, daß sie nicht mit Flintenkugeln geladen waren!

Was weiter im Saal passiert ist«, fuhr die Erzählerin fort, nachdem sie eine Weile Atem geschöpft hatte, »das hab ich nicht gesehen; die Frau Pastorin holte mich nach der Hinterstube, wo unsere Männer sich zu ihrem Kartenspiel gesetzt hatten. Die Zeit verging; es war eben Feierabend geboten, ich stand just am Fenster und hörte nach den Wildgänsen droben in der Luft, denn es war eine milde Nacht, und das Getier flog über die Heide nach dem Haff – da auf einmal hieß es: ›Wo ist Hinrich Fehse?‹ – Ja, Hinrich Fehse war nicht da. – ›Ich sah ihn draußen im Weg‹, meinte einer; ›er wird nach Haus gelaufen sein.‹- Aber die Mutter kam gejammert; zu Hause war er auch nicht. – Der alte Hinrich Fehse, ein Querkopf trotz seinem Jungen, stand vorn im dicken Haufen in der Schenkstube und stieß sein Glas auf den Tisch, daß er nur noch den Fuß in der Hand behielt, und räsonierte auf den Herrn Pastor; er lasse seinen Jungen nicht kujonieren, wenn er ihn auch nicht wie die reichen Bauern mit Uhrketten und Perlmutterknöpfen besetzen könne; nein, zum Teufel, das leide er nicht!

Ich war in den Tanzsaal zurückgegangen, wo eben die Musikanten ihre Fiedeln in die Ledersäcke steckten. Da stand noch die Hebammendirne mit Hans Ottsen auf der leeren Diele; sie allein schien alles das nicht anzufechten. ›Nun, Margret‹, fragte ich, ›weißt du denn nicht, wo der Hinrich abgeblieben ist?‹ – ›Ich? – Nein!‹ sagte sie kurz, zog einen ihrer kleinen Schuhe aus und zupfte die rote Bandschleife darauf zurecht; dann funkelte sie wieder auf den Hans mit ihren schwarzen Augen und schlug ihn neckisch auf die Hände: ›Du, was hast mich eingestaubt, du! Du bist so wild; wart nur, ich tanz nicht mehr mit solch 'nem Tollen!‹

Und das war die Margret, Herr Amtsvogt; der Hinrich aber kam auch am andern Morgen noch nicht wieder; sie meinten, der Mittag würde ihn nach Hause treiben; aber da hatte auch eine Eule gesessen; das ganze Dorf kam in die Beine, sie suchten ihn mit Leitern und mit Stangen. Und endlich! Wo war er gewesen, Herr Amtsvogt? – Bei den Wasserkröten hatte er in der Nacht gesessen; dort hinten im Moor bei der schwarzen Lake. Der Finkeljochim, der da seine Besen schneidet, kam ins Dorf gelaufen und erzählte es. Da haben sie ihn denn nach Haus geholt mitsamt dem Gliederreißen, das er sich vom feuchten Moorgrund heimgebracht. Ein paar Wochen hat er in den Kissen liegen müssen, und als der Doktor nicht angeschlagen, haben sie die Sympathie gebraucht: und mit drei Tassen Kamillentee und ein paar Handvoll Kirchhofserde ist dann auch alles wieder in seinen Schick gekommen.«

Der Kaffee war inzwischen aufgetragen, und der Küster erinnerte, nicht ohne scheinbare Vorsicht, seine Frau daran, daß der Herr Amtsvogt noch mit ihm zu reden habe.

»Ich will nicht im Wege sein, Vater«, versetzte diese, von ihrem Lehnstuhl aus die Tassen vollschenkend; »ich sage nur und hab's dem Herrn Pastor auch schon gesagt: erst, als die Dirne wieder aus der Stadt zurück war, lief nur der Hinrich bei den Hebammensleuten, und es gefiel ihr schon, daß sie gleich wieder einen hinter sich herzuziehen hatte; und wenn auch nur, um die junge Frau zu ärgern, die ihn geheiratet hat; seit es aber mit dem alten Klaus Ottsen aufs Letzte geht und der nicht mehr den Daumen gegenhalten kann, weiß auch sein Hans mit Dunkelwerden den Weg dorthin zu finden. Ich wundre mich nicht, daß der Fehse auch diesmal wieder fortgelaufen ist; denn mit sich selber umzugehen, was doch die größte Kunst vom Menschenleben ist, das hat er immer noch nicht lernen können. Ich begreif nicht, was darum soviel Aufhebens im Dorf ist; er wird schon wiederkommen, wenn er's satt hat!«

Die kleine gebrechliche Frau, deren blasse Wangen unter dem lebhaften Erzählen wieder aufgeblüht waren, schwieg jetzt und suchte mit der Feuerzange die Kohlen in ihrem Ofen aufzustören. – Ich tat noch diese und jene Frage; dann ließ ich mich von dem Küster, dem draußen sichtlich seine Würde wieder zuwuchs, an meinen Wagen geleiten.

»Ja, ja, mein wohlgeborener Herr Amtsvogt«, sagte er, gleichsam die Summe eines langen Gedankenexempels ziehend; »ich habe manchen Gang um diese Heirat gemacht; aber der Mensch soll ja auf den Dank der Welt nicht rechnen! Nehmen Sie nur die Mamsell Margret aufs Korn; die wird Ihnen über alles Bescheid geben können.«

Unterdessen hatte er das Schutzleder vor meinem Sitze zugeknöpft, und mit majestätischer Handbewegung entlassen, rumpelte mein Fuhrwerk auf der schlecht gepflasterten Dorfstraße weiter.

Hinter der zur Rechten liegenden Kirche, an deren granitner Mauer ich im Vorüberfahren die Jahreszahl 1470 las, blickte aus jetzt fast entlaubten Holunderhecken ein Häuschen mit grünen Fensterläden.

»Den Hebammensleuten gehört es«, erwiderte auf meine Frage der Amtsdiener, sich vom Kutschersitze zu mir wendend, »sie halten's gewaltig sauber; in Geschäften bin ich ein paarmal dort gewesen.«

Nach einer Weile hörten zur Linken die Häuser auf. Die an der Kirchseite sich noch eine gute Strecke entlangziehenden Gehöfte lagen gegen Westen, nur durch den Weg und einige eingewallte Acker- und Wiesenstücke von dem großen Moor getrennt; das letzte derselben, einsam und weit hinaus belegen, war mir als das des Hinrich Fehse bezeichnet worden.

Vor vielen dieser Häuser bemerkte ich Gruppen von Menschen, anscheinend in lebhafter Unterhaltung, zuweilen auch wohl mit ausgestrecktem Arm nach dem Moor hinausweisend. Es war augenscheinlich eine besondere Aufregung unter den Dorfbewohnern.

Endlich fuhren wir auf die Fehsesche Hofstelle. An dem Hause, welches etwa hundert Schritt vom Wege zurücktrat, waren noch die Früchte der wohlhabenden Heirat sichtbar:

die nördliche Hälfte mit dem großen Scheunentor und den halbrunden Stallfenstern war augenscheinlich kaum vor Jahresfrist gebaut, die andere dagegen, welche die Wohnungsräume enthielt, mochte in diesem Zustande schon lange von Vater auf Sohn vererbt worden sein. Vor den niedrigen Fenstern, auf welche das schwere schwarzbraune Strohdach drückte, zog sich ein ziemlich ödes Gartenstück bis an den Weg hinab.

Da sich niemand von den Hausgenossen zeigte, als wir oben vor dem Scheunentor hielten, so schickte ich den Amtsdiener in das Haus, der dann auch bald in Begleitung einer alten Frau wieder an den Wagen trat. Ich wollte sie als Witwe Fehse begrüßen, aber sie erwiderte, sie habe nur als Nachbarin das Haus gehütet; die alte und die junge Frau Fehse seien zum Bauervogt gegangen; denn die Tochter des Finkeljochim hätte erzählt, daß sie noch gestern abend, da eben der Mond aufgegangen sei, den Hinrich dort hinten auf dem Moor gesehen habe; auf diese Nachricht seien wieder Leute zum Suchen hinausgeschickt worden.

Ich fragte näher nach.

»Es wird wohl nichts daran sein, Herr Amtsvogt«, meinte die Alte; »die Dirne ist so was simpel; und seit der Hans Ottsen ihr vergangenen Winter was in den Kopf gesetzt hat, ist sie vollends faselig geworden.«

»Aber wo ist das Mädchen jetzt zu finden?«

»Jetzt bekommen Herr Amtsvogt sie nicht. Sie ist mit den Leuten in die Heide, um ihnen den Platz zu zeigen.«

Ich ließ mich zunächst von der Alten in das Wohnzimmer weisen und einen Tisch in die Mitte stellen, auf welchem ich zur Aufnahme der nötigen Notizen mein mitgebrachtes Schreibmaterial bereitlegte.

Es war ein niedriges, aber geräumiges Zimmer; der weiße Sand auf den Dielen, die blanken Messingknöpfe an dem Beilegerofen, alles zeugte von Sauberkeit und Ordnung. Den Fenstern gegenüber befanden sich zwei verhangene

Wandbetten; vor dem einen, mit der zwischen Vergißmeinnicht gemalten Überschrift: »Ost un West, to Huus ist best«, stand eine jetzt leere hölzerne Wiege.

Um keine Zeit zu verlieren, hieß ich den Amtsdiener, mir die in der Nähe wohnende Tochter der Hebamme zur Stelle zu bringen, während die Alte es übernahm, die Fehseschen Frauen von der entlegneren Wohnung des Bauervogtes herbeizuholen. – Ich befand mich allein im Hause; von der Wand tickte der harte Schlag einer Schwarzwälder Uhr; in Erwartung der kommenden Dinge war ich ans Fenster getreten und sah in die gelbe Herbstsonne, die schon tief jenseit der Heide stand.

Das Rauschen von Frauenkleidern weckte mich aus den Gedanken, worin ich mich einzuspinnen begann. Als ich mich umwandte, erblickte ich eine schlanke volle Mädchengestalt in städtischer Kleidung, deren kleine und, wie mir schien, zitternde Hand eben ein schwarzes Kopftuch von dem Nacken streifte.

Ich konnte nicht zweifeln, wen ich vor mir hatte; zum ersten Mal sah ich den verführerischen Kopf jenes Mädchens unverhüllt.

»Sie sind Margarete Glansky!« sagte ich.

Ein kaum hörbares »Ja« war die Antwort.

Ich setzte mich ihr gegenüber an den Tisch und nahm die Feder zur Hand.

»Sie kennen den jungen Hinrich Fehse?« fragte ich weiter.

Ein ebenso leises »Ja« erfolgte.

»Ich meine, Sie haben in näherer Bekanntschaft mit ihm gestanden?«

Sie antwortete nicht. Als ich aufblickte, sah ich, daß sie totenblaß war; ich hörte, wie die weißen Zähnchen aufeinanderschlugen. Die Angst vor äußerlicher Verantwortlichkeit wegen einer vielleicht innerlichen Schuld mochte sie ergriffen haben.

»Weshalb fürchten Sie sich?« fragte ich.

»Ich fürchte mich nicht; – aber die Bauernweiber haben alle einen Haß auf mich.«

»Es handelt sich nicht um Sie, Margarete Glansky, sondern um den jungen Mann, der seit einigen Tagen vermißt wird.«

»Ich weiß nichts davon; ich bin nicht schuld daran!« stieß sie, noch immer nach Atem ringend, hervor.

»Aber wir müssen ihn zu finden suchen«, fuhr ich fort. »Kurz vor seiner Heirat sind Sie in die Stadt gezogen und dann vor einem halben Jahre wieder zurückgekommen?«

»Es gefiel mir dort nicht, ich hatte nicht nötig, zu dienen; – es reut mich noch, daß ich so dumm mich hatte fortschicken lassen!« Und die starken Augenbrauen des Mädchens zogen sich dicht zusammen.

»Hinrich Fehse«, sagte ich, »ist dann oft des Abends zu Ihnen gekommen?«

»Wir konnten ihn doch nicht fortjagen.«

»Er kam zuletzt, so sagt man, jeden Abend und blieb dann oft bis Mitternacht.«

»Das lügen die Weiber!«

»Aber Sie haben Geschenke von ihm angenommen?«

Ein heißes Rot flog über ihr Gesicht. »Wer hat das gesagt?«

»Das singen die Spatzen von den Dächern; es hat argen Unfrieden zwischen den Eheleuten gesetzt.«

»Nun, und wenn's auch wäre!« rief sie und warf trotzig ihre roten Lippen auf. »Wer hat sie geheißen, ihn zu heiraten!«

»Und würden Sie ihn denn geheiratet haben?« fragte ich.

Aber bevor sie zu antworten vermochte, wurde die Stubentür aufgerissen, und die beiden Fehseschen Frauen, die junge mit ihrem Kinde auf dem Arm, traten in das Zimmer. Ich sah noch, wie die Augen der alten Bäuerin und der Hebammentochter in unverhohlenem Hasse aufeinander blitzten; dann stellte die Alte sich vor mir hin und sagte zitternd:

»Herr Amtsvogt, was tut die Person da in unserm Hause? Ich bin der Meinung, daß ich das wohl nicht zu leiden brauche!«

»Die Person«, erwiderte ich und schob dabei die beiden Frauen unmerklich wieder zur Tür hinaus, »wird gerichtlich vernommen und ist von mir hieher beschieden worden.«

Wir standen draußen auf dem Hausflur. Die alte hagere Frau rang die Hände. »Ach, das Elend!« rief sie; »das Elend!« – Die junge Bäuerin trocknete von den Wangen ihres schlafenden Kindes die Tränen, die sie fortwährend darauf weinte.

»Wir hatten es so gut das erste Jahr«, sagte sie, »wenn nur die nicht wiedergekommen wär; unsereins versteht so was nicht; aber sie muß es ihm doch angetan haben! Und das viele Geld, das er neulich für die Pferde gelöst hat; – wir haben die Schatulle und alles durchgesucht, aber es ist nichts davon zu finden.«

Durch die offene Haustür sah ich draußen einen Mann mit einer langen Stange vorübergehen und den Weg ins Moor hinunter nehmen. Die Alte war hinausgetreten und kam jammernd zurück. Plötzlich aber fuhr sie sich mit der Schürze über die Augen. »Der da oben wird wissen, wo er ist«, sagte sie. »Er war nicht gottlos, mein Hinrich! – Auf die Knie hat er sich geworfen und seinen armen Kopf in meinen Schoß gedrückt; denn er war ja immer doch mein Kind! ›Mutter‹, hat er gesagt, ›Ihr saht mich auf dem Braunen fortreiten, und ich sagte Euch, daß ich wegen der Zinsen zum Müller nach der Nordermühle müßte; – das war gelogen, Mutter; in der Irre bin ich fünf Stunden lang für wild herumgeritten; Ihr habt selbst dem Braunen den Schaum von den Flanken gestrichen, als ich heimgekommen; – ich hab nur nicht zu ihr hinüber wollen; aber es hat mich doch wie bei den Haaren dahin zurückgezogen; – es kriegt mich unter; ich kann's nicht helfen, Mutter!‹

Und er war doch so gut, mein Hinrich!« fuhr die Alte, wie mit sich selber redend, fort. »Noch als das Kind geboren war! In unserm Hof hier, aufs Pferd hab ich's ihm reichen müssen; die Sonne schien so warm, drüben in der Koppel stand die Sommersaat so grün. ›Was meinst, Mutter‹, sagt' er, ›ich könnt es gut ein bißchen mit aufs Feld nehmen!‹ Er war so glücklich über sein Kind; ich hatt meine Not, es ihm wieder abzukriegen; und es war doch erst sechs Wochen alt!«

Ich machte mich von den Frauen los, indem ich ihnen bedeutete, daß sie wegen ihrer eigenen Vernehmung zur Stelle bleiben müßten. Als ich wieder in das Zimmer trat, fielen schon die schrägen Strahlen der Abendsonne durch die Fenster. Das Mädchen stand noch auf demselben Platze wie vorhin; aber sie schien ruhiger geworden und sogar, vielleicht nur weil ich den andern Frauen gegenüber ihre Anwesenheit vertreten hatte, ein Vertrauen zu mir gefaßt zu haben. »Ich will's Ihnen wohl erzählen, Herr Amtsvogt«, begann sie, indem sie mit beiden Händen ihr glänzend schwarzes Haar zurückstrich; – »ob ich ihn geheiratet hätte, wenn er das Geld von der andern nicht hätte brauchen müssen; – ich weiß das nicht, und ist auch wohl übrig, jetzt zu fragen; ich bin gut Freund mit ihm gewesen; wir tanzten wohl zusammen; aber – und das ist die Wahrheit! Herr Amtsvogt – ich hatte nicht gedacht, daß er's gar so ernsthaft nehmen würde.«

»Sie wußten doch«, sagte ich, »daß er von Jugend auf Ihnen nachgegangen war; und ich meine, der sah nicht aus, als ob er mit solchen Dingen spielen könnte.«

Sie hatte seitwärts einen raschen Blick in den kleinen, mit Pfauenfedern geschmückten Spiegel geworfen, und eine Sekunde lang brach es wie heiße Lebenslust aus ihren dunkeln Augen. »Nun«, sagte sie, »zuletzt hab ich's schon merken müssen; aber da hab ich ihn nicht mehr fortbringen können. Versucht hab ich's genug; denn er plagte mich bis aufs Blut mit seinen Grillen; zumal wenn sonst junge Leute zu uns kamen, wie das doch nicht anders ist. Er konnte mit den

Zähnen knirschen, wenn ich nur einen an die Haustür brachte; oder gar, als einmal Hans Ottsen aus Narretei mir die Haarzöpfe losmachen wollte; und er hatte doch sein Weib zu Hause!«

Ich sah sie fest an. »Also der Ottsen kam in der letzten Zeit auch zu Ihnen? Sie wissen vielleicht, daß sein Vater ihm um Johanni die Hufe übergeben hat.«

Sie stutzte einen Augenblick wie verwirrt; dann aber, als habe sie meine Bemerkung nicht gehört, fuhr sie fort: »Manchen Abend, wenn der Wächter zu neun geblasen, hat meine Mutter ihn angerufen, nach Haus zu gehen. Aber er ging nicht. ›Frau Nachbarn‹, sagt' er dann wohl, ›Sie wird mir doch den Stuhl in Ihrem Hause gönnen; ich verlang ja weiter nichts!‹ Und so sind wir denn sitzen geblieben; ich an meinem Nähstein vor der einen Tischschublade, er vor der andern. ›Hinrich‹, hab ich oft gesagt, ›sei nicht so hintersinnig! Du kannst ja Sonntag im Krug mit mir tanzen; nimm doch deine Frau mit und laß uns alle miteinander vergnügt sein.‹ Aber er stieß dann nur ein höhnisches Lachen aus und sah mich aus seinen kleinen Augen an, als wollte er mir damit ein Leides tun.

Nur einmal«, fuhr sie nach einer Weile fort, »ist er eine Zeitlang weggeblieben; – als ihm das Kind geboren war, und ich dachte schon, er sei nun zur Vernunft gekommen. Da, etwa vier Wochen nachher, wurde seine Frau schwer krank; sie glaubten alle, es geh mit ihr aufs Letzte, auch meine Mutter, die ihr doch in der Geburt hatte beistehen müssen. Und da, Herr Amtsvogt – kam er wieder.«

Das Mädchen atmete schwer auf. – »Er war ganz anders geworden, mehr so wie damals, als er noch ein junger Bursche war; er konnte wieder erzählen und sprach wieder von seiner Wirtschaft und was er tun und treiben wollte. Einmal aber meine Mutter war eben außer Hause – faßte er mich plötzlich an beiden Schultern und sah mich an, wie unsinnig vor Freude. ›Margret!‹ – rief er, ›denk's einmal aus! Wenn – o wenn!‹ – – Er verstummte dann und ließ mich los; aber ich wußte doch, wie's gemeint war, und hab's auch bald nachher gesehen. Deshalb dachte ich, ihn auf andere Gedanken zu bringen. ›Ist denn der Doktor heute bei euch gewesen?‹ fragte ich. ›Wie geht's mit Ann-Marieken?‹ – Es war erst, als wenn er nicht antworten mochte. ›Sie hat wieder ein neues Glas gekriegt‹, sagte er dann; ›ich weiß nicht, was der Doktor meinte.‹ Dabei hatte er sich das Punktierbuch meiner Mutter aus deren Nähkasten gekramt, setzte sich mir gegenüber und fing nun an, mit Kreide auf den Tisch zu stricheln. Er tat das so hastig und wurde so heiß um den Kopf dabei, daß ich ihn fragte: ›Hinrich, auf was punktierst du da?‹

›Laß, laß!‹ sagte er. ›Bleib du bei deiner Näharbeit!‹ Aber ich bog mich unbemerkt über den Tisch und las in dem Buch die Nummer, auf welche er den Finger hielt. Da war es die Frage, ob der Kranke genesen werde. – Ich schwieg und setzte mich wieder an meine Arbeit; und er strichelte weiter, zählte ›Eben‹ oder ›Uneben‹ und punktierte sich nachher die Figuren mit der Kreide auf den Tisch. ›Nun‹, fragte ich, ›bist du fertig? Kann man's jetzt zu wissen kriegen?‹ – Er hatte den Kopf in die Hand gestützt und sah mich schweigend an, aber still und weich, wie er's lang nicht getan hatte. Dann stand er auf und gab mir die Hand. ›Gute Nacht, Margret!‹ sagte er; ›ich muß nun nach Hause.‹ Und somit ging er fort; es war noch früh am Abend. – Da die Figuren auf dem Tische stehengeblieben waren, so schlug ich in dem Büchlein nach. Da lautete die Antwort: ›Tröstet die Seele des Kranken und laßt alle Hoffnung fahren!‹ – – Aber es war diesmal nicht getroffen; die Frau erholte sich bald her nach; und nun ward's mit ihm schlimmer, als es je gewesen war. Glauben Sie's mir, Herr Amtsvogt, wenn ich was an ihm versehen habe, es ist mit Angst und Not gebüßt.«

Da sie bei diesen Worten in ein krampfhaftes Weinen ausbrach, so ließ ich sie auf einen Stuhl niedersitzen. Bald aber erhob sie wieder ihren Kopf, den sie in beide Hände gepreßt hatte, und sah mich an. – Im Zimmer war nur noch das Licht des Sonnenuntergangs, in dem die roten Lippen des Mädchens auffallend gegen ihr blasses Gesicht und ihre dunklen Augen hervortraten.

Aber ich mußte weiterfragen. »Hinrich Fehse«, sagte ich, »hat in der vorigen Woche einen Pferdehandel gemacht, woraus er viel Geld hätte nach Hause bringen müssen; die Fehseschen Frauen aber versichern, daß sie es nirgends haben finden können.«

»Wir haben das Geld nicht, Herr Amtsvogt!« sagte sie düster.

»Und Sie wissen auch nicht, wo es hingekommen ist?«

Sie nickte. »Doch; das weiß ich.«

»Es haben einige gemeint«, fuhr ich fort, »er sei nach Hamburg, um von dort mit einem Auswandererschiff nach Amerika zu gehen?«

»Nein, Herr Amtsvogt; wohin er gegangen ist, das weiß ich nicht; aber mit dem Geld ist er nicht nach Amerika. – Ich will Ihnen auch das erzählen; so wahr, als wenn ich vor Gott stünde! – Am letzten Sonntagabend war's, es mochte gegen acht Uhr sein; meine Mutter, die über Nacht aus gewesen war, saß im Lehnstuhl und nickte über ihrem Strickzeug; wir waren ganz allein, und ich wunderte mich, daß auch Hinrich Fehse nicht kam; denn am Vormittag in der Kirche hatte er mich wieder einmal angestarrt, daß alle Weiber die Köpfe nach mir wandten. – Draußen ging der Sturm; aber zwischen den Windstößen glaubt ich mitunter bei unserm Hause gehen zu hören. Mir war das unheimlich, und ich trat vor die Haustür, um zu sehen, was es gäbe. Es war kein Mondschein, Herr Amtsvogt; aber es war nachthell; ich konnte durch den kahlen Fliederzaun ganz deutlich die Kreuze auf dem Kirchhof unterscheiden, der an unsern Garten stößt; und so sah ich auch, daß unterm Zaune einer stand; und da ich hinzutrat, war es Hinrich Fehse. ›Was stehst du hier und läßt dich durchkälten?‹ sagte ich. ›Warum kommst du nicht herein?‹ –

›Ich muß dich allein sprechen, Margret!‹ erwiderte er. – ›Nun, so sprich, wir sind hier allein; es wird auch niemand kommen in dem Unwetter.‹ – Aber er sprach nicht, bis ich sagte: ›Mich friert; ich will hinein und mein Umschlagetuch holen!‹ Da griff er mich bei der Hand und sagte schwer: ›'s geht so nicht länger, Margret; ich muß ein Ende machen.‹ – Er kam mir so seltsam vor; ich wußte nicht, was ich ihm darauf antworten sollte. ›Hinrich‹, sagte ich; ›am besten wär's, ich ginge wieder fort; dann wird wohl alles noch gut werden!‹ – ›Wir müssen beide fort, miteinander fort, Margret!‹ antwortete er. Dabei zog er einen Beutel hervor und ließ ihn mehrmals auf der Kante des Brunnens klingen, an dem wir in diesem Augenblicke standen. ›Hörst du?‹ sagte er; ›das ist Gold! Vorgestern hab ich meine Braunen verkauft; ich geh zu meinem Vetter über See in die Neue Welt; es ist leicht, dort sein Brot zu finden.‹ – ›Das wirst du deiner Frau nicht antun!‹ sagte ich. – ›Nicht antun, Margret? Es ist kein Segen für sie, wenn ich dableib; die paar tausend Taler, die sie in die Wirtschaft gebracht hat, gehen bald darauf; ich bin kein Bauer mehr, ich hab keine Gedanken ohne dich!‹ – Er wollte mich umfassen, aber ich sprang zurück.

›Das würde mir anstehen‹, sagt ich, ›als deine Beiläuferin mit dir in die weite Welt zu rennen!‹ – ›Hör mich nur‹, begann er wieder; ›wir gehen heimlich fort; meine Frau wird dann auf Scheidung klagen; dann können wir uns dort zusammengehen lassen.‹ – ›Nein, Hinrich; ich tu's nicht, ich geh so nicht fort.‹ – Auf diese Worte ward er wie unsinnig; er warf sich auf die Erde, ich weiß nicht, was er alles sprach; auch heulte der Sturm um die Kirche, daß ich's kaum verstehen konnte; meine Kleider flogen, ich war ganz verklommen. ›Geh nach Haus, Hinrich‹, bat ich, ›du bist heut nicht bei dir, laß uns morgen über die Sache sprechen!‹ – Indem hörte ich hinter uns vom Kirchhofsteige laute Stimmen; Hans Ottsen war darunter, und ich horchte nach unserer Pforte; denn er war in den letzten Wochen bisweilen zu uns gekommen. Aber sie mußten vorübergegangen sein; ich hörte das Kreuz im großen Kirchhofstor drehen und bald auch die Stimmen weiter unten auf dem Dorfwege. – Als ich den Kopf zurückwandte, stand Hinrich vor mir. ›Margret‹, sagte er, und er würgte die Worte nur so heraus; ›willst du mit mir gehen?‹ Aber bevor ich noch zu antworten vermochte, legte er die Hand auf meinen Mund. ›Sprich nicht zu früh!‹ rief er, ›denn ich frag nicht wieder – nimmer wieder.‹ – Ich antwortete nicht; es schnürte mir die Kehle zu; was hätte ich ihm auch antworten sollen! – ›Siehst du!‹ sagte er; ›ich wußte es wohl; du bist falsch, du wartest auf den andern!‹ – Er machte eine Bewegung mit dem Arm, und gleich darauf hörte ich es auch unten im Brunnen aufklatschen. – ›Hinrich, dein Gold!‹ rief ich. ›Was tust du, Hinrich!‹ – ›Laß nur!‹ sagt' er; ›ich brauch's nun nicht mehr; – aber‹ – und er faßte mich mit beiden Händen und hielt mich vor sich, als ob er wie aus der Ferne mich betrachten wollte – ›küß mich noch einmal, Margret!«‹

– »Und dann?« fragte ich, als das Mädchen stockte.

»Ich will nicht lügen, Herr Amtsvogt; ich hätt's ihm nicht gewehrt; aber er stieß mich plötzlich von sich. – Ich wollte der Haustür zulaufen; da rief er zornig meinen Namen; und als ich darauf nicht hörte, sprang er hinter mir her und packte mich wie mit eisernen Armen. Das Haar war mir losgegangen; er schlang einen meiner Zöpfe um seine Hand und riß mir damit den Kopf in den Nacken. ›Noch einen Augenblick, Margret‹, sagte er, und trotz der Nacht sah ich, wie seine kleinen Augen über mir funkelten; und während der Sturm mir fast die Kleider vom Leibe riß, schrie er mir ins Ohr: ›Ich will dir was Heimliches anvertrauen, Margret; aber sprich's nicht weiter! Für uns beid zusammen ist kein Platz mehr auf der Welt; du sollst verflucht sein, Margret!‹ – Ich stieß einen lauten Schrei aus; ich glaubt, er wolle mich erwürgen. Da ließ er mich los und rannte davon; ich hörte noch, wie er drüben die Kirchhofspforte zuschlug; und gleich darauf war auch meine

Mutter vor die Haustür getreten und rief nach mir. – ›Er wird sich morgen schon besinnen‹, sagte sie, nachdem ich ihr alles, so gut als ich es vermochte, erzählt hatte; ›da kann er auch sein Gold sich selber wieder fischen.‹ Dann holte sie ein Vorlegeschloß und legte es vor den Brunnendeckel, den einst mein Großvater ungebetener Gäste wegen hatte machen lassen; es hätte ja jemand anders den Beutel im Eimer mit heraufziehen können. – – Als wir ins Haus gegangen waren, legte meine Mutter sich ins Bett, und ich setzte mich wieder an meine Arbeit. Draußen stürmte es noch immer fort; mitunter hörte ich unten im Dorf den Wächter blasen; im Kirchturm schlug die große Glocke an. Mir war ganz unheimlich; aber es ließ mir keine Ruh; ich dachte immer, er könne sich ein Leids angetan haben. Als ich merkte, daß meine Mutter eingeschlafen war, nahm ich mein Umschlagetuch und schlich mich fort. – Es begegnete mir niemand; die meisten Häuser waren schon dunkel; nur auf der Fehseschen Stelle sah ich vom Wege aus noch Licht durch die Öffnung der Fensterläden scheinen. Ich nahm mir ein Herz und ging den Wall hinauf und in die Gartenpforte. Als ich mich an das Fenster stellte, hörte ich drinnen die Spinnräder schnurren, bisweilen auch ein Wort von der alten Fehse. – ›Was sie nur sprechen mögen!‹ dachte ich und legte das Ohr an den Laden, aber ich konnt es nicht verstehen. Da gewahrte ich unter dem andern Fenster eine umgestürzte Schubkarre, und als ich hinaufgestiegen war und mich auf den Zehen hob, reichte mein Auge bis an das Herz des Ladens. Ich konnte dort das Wandbett übersehen; auch sah ich, daß jemand darinlag, und als der Kopf sich auf dem Kissen umwarf, erkannte ich, daß es Hinrich war. Mit einem Mal aber richtete er sich in den Kissen auf und stierte mit den Augen auf mich zu. Da befiel mich die Angst, ich sprang von der Karre herab und rannte fort, über den Weg, über den Kirchhof; – um die Turmecke pfiff und heulte es; der alte Finkeljochim sagt dann immer, die Toten schreien in den Gräbern. Mir grauste, ich weiß nicht

mehr, wie ich wieder ins Haus und ins Bett gekommen bin. –
Am andern Morgen aber hieß es, Hinrich Fehse sei in der
Nacht verschwunden; ich habe nichts wieder von ihm
gesehen.«

Sie schwieg. – Es war inzwischen dämmerig geworden. Als
ich durch die kleinen Scheiben einen Blick ins Freie tat, war
fern am Horizont nur noch ein schwacher Abendschein; die
Bäume im Garten standen schwarz, unten über dem Moor
aber zogen die Nebel wie weiße Schleier. – Ich ließ zwei
Talgkerzen anzünden und vor mir auf den Tisch stellen; dann
rief ich die Fehseschen Frauen in das Zimmer.

»Soll denn die dabeisein?« fragte die alte Bäuerin, indem
sie einen halb scheuen, halb haßerfüllten Blick auf das
Mädchen warf, die nach meinem Geheiß sich in die eine
Fensterecke gesetzt hatte.

»Die wird Sie nicht stören, Frau Fehse!« erwiderte ich.

»Nun, meinethalb; was ich zu sagen habe, kann Gott und
alle Welt hören; aber« – und sie erhob drohend ihren dürren
Finger – »die Bösen werden ihren Lohn bekommen!«

Das Mädchen schien von diesen Worten nichts zu hören;
sie hatte wie erschöpft den Kopf so weit gegen die Wand
gelehnt, daß ihr das schwarze Haar von den Schläfen
zurückgefallen war. – »Lassen Sie das, Frau Fehse!« sagte ich.
»Erzählen Sie mir, wie sich die Sache zutrug.«

Sie schien wie aus tiefen Gedanken aufgestört zu werden.

»Ja«, sagte sie, »er war auch den Abend drüben gewesen,
da, bei der! Aber er kam doch früh nach Haus; denn Ann-
Marieken lag so schlecht, der Doktor hatte ihr eben ein neues
Glas verschrieben, da hat er die ganze Nacht an ihrem Bett
gesessen, gewiß, das hat er! und ihre Hand gestreichelt. ›Ann-
Marieken‹, sagte er, ›du bist nicht schuld daran; verklag mich
nicht zu hart da oben; du wirst's da besser haben als bei mir.‹«

Die junge Frau, die eben ihr Kind in die Wiege legte, brach
in bitterliche Tränen aus.

»Ich meine, Frau Fehse«, erinnerte ich, »wie es an dem letzten Abend war, da Euer Sohn das Haus verlassen hat.«

»Ja, wie war's?« erwiderte sie. »'s war am letzten Sonntagabend; das Essen hatten wir abgeräumt, und die Magd war in ihre Kammer gegangen – nein, es muß schon hin um zehn Uhr gewesen sein; Ann-Marieken und ich saßen noch bei unserem Spinnrad. Mein Hinrich war vordem ganz verstürzt nach Hause gekommen, nun lag er schon lange in dem Wandbett da. Aber er schlief wohl nicht, denn er warf sich fleißig herum und stöhnte auch wohl so vor sich hin; wir waren das schon an ihm gewohnt, Herr Amtsvogt. – – Draußen war's Unwetter, wie das jetzt im November wohl zu sein pflegt; der Nordwest war zu Gang und riß die Blätter von den Bäumen; mir bangte immer, er sollte auch den Birnbaum an der Scheune umstürzen; denn mein Vater selig hat ihn bei der Taufe von meinem Hinrich selbst gepflanzt. Da hör ich's draußen leise vor dem Fenster trotten, und ich horchte darauf; denn, Herr Amtsvogt, ich wußte nicht, war es ein Tier oder war es eines Menschen Fußtritt. Ich frag: ›Hörst du das, Ann-Marieken?‹ frag ich. Aber sie greift in ihr Spinnrad und sagt: ›Nein, Mutter, ich höre nichts!‹ – Nun rück ich 'nen Stuhl zum Fenster und sehe durch das Herz des Fensterladens; denn wir hatten wegen des Unwetters die Läden angeschroben. Da stand der Birnbaum gegen den grauen Nachthimmel und ächzte und wehrte sich zum Erbarmen gegen den Sturm; auch über die Koppeln und die Wischen hinunter konnte ich sehen und sah auch hinten im Moor die Wassertümpel blenkern, denn die Luft war hell dazumalen. Lebiges war nicht zu sehen. Aber das merkt ich wohl, es drückte sich was unter das Fenster, und es rutschte, als scheuere ein Zottelpelz an der Mauer lang. Da ich vom Stuhl herabsteige, kratzt es draußen an dem andern Laden und sogleich hör ich auch drüben in der Wand das Bettband knacken, und mein Hinrich sitzt steidel aufrecht in den Kissen und starrt mit ganz toten Augen nach dem Fenster zu. – Als ich ruf: ›Herr Jes', Hinrich! was ist denn?‹, da ist auch hinten im Stall das Vieh in die Unruhe gekommen, und durch all das Unwetter hör ich den Bullen brüllen und mit Gewalt an seiner Kette reißen. Aber mein Hinrich sitzt noch immer so tot und glasig, daß mir ganz graulich wurde, und als ich mich nun selber umwende – Herr, du mein Jesus Christ! –, da guckt' ein Tier durch den Fensterladen! Ich sah ganz deutlich die weißen, spitzen Zähne und die schwarzen Augen!«

Die Alte wischte sich mit der Schürze den Schweiß von der Stirn und begann leise vor sich hinzumurmeln.

»Ein Tier, Frau Fehse?« fragte ich; »habt Ihr denn so große Hunde im Dorf?«

Sie schüttelte den Kopf: »Es war kein Hund, Herr Amtsvogt!«

»Aber Wölfe gibt's hier doch nicht mehr bei uns!«

Die Alte drehte langsam den Kopf nach dem Mädchen und sagte dann mit scharfer Stimme: »Es mag auch wohl kein rechter Wolf gewesen sein!«

»Mutter! Mutter!« rief das junge Weib; »Ihr habt mir doch immer gesagt, es sei die Hebammens-Margret gewesen, die ins Fenster gesehen habe!«

»Hm, Ann-Marieken, ich sage auch nicht, daß sie es nicht gewesen ist.« Und die alte Frau verfiel wieder in ihr unverständliches Klagen und Murmeln.

»Was faselt Ihr, Mutter Fehse!« rief ich. Und doch, als ich das Mädchen so leblos mit ihrem kreideweißen Gesicht und den roten Lippen dasitzen sah – der weiße Alp fiel mir ein aus der Heimat ihres Großvaters, und ich hätte fast hinzugefügt: ›Ihr irrt Euch, ich weiß es besser, Mutter Fehse, sie hat ihm die Seele ausgetrunken; vielleicht ist er fort, um sie zu suchen!‹ Aber ich sagte nur: »Erzählt mir ordentlich, wie wurde es denn weiter mit Euerem Hinrich?«

»Mit meinem Hinrich?« wiederholte sie. »Er griff ans Bettband und war auf einmal mit beiden Füßen auf der Diele. ›Laß *mich*, Hinrich!‹ sagte ich. Aber er fuhr hastig in die

Kleider: ›Nein, nein, Mutter, Ihr haltet den Bullen nicht!‹, und dabei hatte er immer die Augen nach dem Fensterladen.

Als er dann im Fortgehen an die Wiege stieß, die so wie heut dort neben dem Bette stand, da streckte das Kleine im Schlaf seine Ärmchen auf und griff mit den Fingerchen in die Luft. Mein Hinrich blieb noch einmal stehen und bückte sich über die Wiege, und ich hörte, wie er bei sich selber sagte: ›Das Kind! Das Kind!‹ Er streckte auch schon seine Hand nach den kleinen Händchen aus, als just der Sturm wieder gegen die Laden stieß und das Rumoren draußen im Stalle wieder anhub. Da tat er einen tiefen Seufzer und ging wie taumelig zur Türe hinaus.« –

Schon länger hatte ich bemerkt, daß Margret den Kopf wie lauschend gegen das Fenster hielt; jetzt hörte ich auch das dumpfe Rumpeln eines Wagens, der den Weg vom Moor heraufzukommen schien.

»Und seitdem«, fragte ich die Alte wieder, »habt Ihr Eueren Sohn nicht mehr gesehen?«

Ich erhielt keine Antwort. Die Stubentür knarrte, und durch die Türspalte drängte sich ein graues Hündchen, naß und beschmutzt; es lief zu der alten Bäuerin und sah sie einen Augenblick wie fragend an, schnoberte winselnd an der Bettstelle herum und lief dann ebenso wieder zur Tür hinaus. Die beiden Frauen, welche atemlos das Tier mit den Augen verfolgt hatten, brachen in laute Klagen aus. Es war, wie ich daraus entnehmen konnte, der Hund des Vermißten, den er selber aufgezogen und dann immer um sich gehabt hatte; das kleine Tier war seit jenem Abend ebenfalls verschwunden gewesen.

Das Rumpeln des Wagens kam indessen näher, und zugleich sah ich, wie am Fenster das Mädchen ihren Kopf aufreckte und mit weit aufgerissenen Augen hinausstarrte. Die Unschlittkerzen leuchteten nicht so weit, aber es fiel von außen eine Mondhelle durch die Scheiben. Gleich einer Schlange glitt sie in die Höhe und blieb dann mit offenem

Munde stehen. In demselben Augenblick fuhr auch der Wagen dröhnend auf die Tenne des Hauses.

Eine Weile war es lautlos still, dann wurden Männerstimmen auf dem Hausflur laut, die Stubentür wurde weit geöffnet, und ein breitschulteriger Mann trat auf die Schwelle. »Wir sind mit der Leiche da«, sagte er; »hinten im Moor in der schwarzen Lake hat sie gelegen.«

Das Zetergeschrei der Frauen brach herein; das junge Weib hatte sich mit beiden Armen über die Wiege ihres Kindes geworfen, das jetzt, vom Schlafe aufgestört, sein schrilles Stimmchen mit dareinmischte.

Aber die alte Bäuerin besann sich plötzlich; ihre knochige Hand schüttelnd, trat sie vor das Mädchen hin, die noch immer wie versteinert in die leere Nacht hinausstarrte. »Hörst du's?« rief sie; »er ist tot! Geh nun! Du hast hier weiter nichts zu schaffen.«

Das Mädchen wandte den Kopf, als habe sie nichts davon verstanden; aber trotz des verhüllenden Gewandes sah ich, daß ein Schauder über ihre Glieder lief, während sie schweigend zur Tür hinausging. Durch das Fenster sah ich sie den Hof hinabschreiten; sie hatte den Kopf im Nacken, als sei er ihr herumgedreht, der Scheune zugewandt, worin der Tote lag. Plötzlich, als sie den Weg erreicht hatte, begann sie zu laufen, mit aufgehobenen Armen, als sei was hinter ihr, dem sie entrinnen müßte. Bald aber verschwand sie in den weißen Nebeln, die vom Moor herauf den Weg überschwemmt hatten.

Ich ließ anspannen, mein Geschäft war für heut zu Ende. Als ich durch das Dorf fuhr, kam der Küster von seiner Hofstelle mir entgegen und legte die Hand auf meinen Wagen. »Es tut mir leid um den Hinrich, Herr Amtsvogt!« sagte er. »Aber wer weiß, ob es nicht so am besten ist; wir müssen jetzt nur sehen, daß wir einen tüchtigen Setzwirt bekommen, der die Witwe heiraten und die Stelle für den kleinen Hinrich Fehse bewirtschaften kann. Es soll schon alles besorgt werden, Herr Amtsvogt!« Und in seiner alten Unerschütterlichkeit grüßte er gravitätisch mit der Hand, während ich, diese tröstlichen Worte noch im Ohr, aus dem Dorfe hinausfuhr, an dem Moor entlang, das von einem trüben Mond beleuchtet wurde.

Um mit meinem Bericht zu Ende zu kommen: der Brunnen der Hebammensleute wurde schon am andern Tage ausgeschöpft, und der versenkte Schatz kam wirklich wieder an das Tageslicht. Auch der Mann für die junge Witwe fand sich, nachdem das Kind noch binnen Jahresfrist mittels eines Bräuneanfalls seinem Vater in jenes unbekannte Land gefolgt war. Hans Ottsen zog es vor, statt die verrufene Hebammen-Margret zu seinem Weibe zu machen, zu der väterlichen Hufe auch noch die Fehsesche Stelle auf dem einfachen Wege der Heirat zu erwerben. Und so war denn, nach dem Rezept der Küsterin, mit ein paar Handvoll Kirchhofserde wieder alles in seinen Schick gebracht.

Will man noch nach dem Slowakenmädchen fragen, so vermag ich darauf keine Antwort zu geben; sie soll in ich weiß nicht welche große Stadt gezogen und dort in der Menschenflut verschollen sein.